LAS POSADAS DEL AMOR

Felipe Trigo

LAS POSADAS DEL AMOR

- I -

La noche tenía una diafanidad de maravilla. Víctor detuvo perezosamente su marcha de pereza ante la fronda del hotel. Había un coche a la puerta y dormía el cochero. Las dos. El problema eterno de su horrible libertad le abrumaba. Si quería, podía entrar. Si quería, podía seguir paseando de un modo filosófico las calles. Por lo pronto, quieto, aspirando el olor de las acacias en la fiesta de este Mayo serenísimo, deploró que la avenida se pareciese a tantas de París, de Roma, de Berlín.

Las mismas filas de focos y faroles; las mismas cuádruples hileras de árboles; los mismos rieles y cables de tranvías... Él, en Berlín, en París, en Roma, a estas mismas horas, encontraríase también probablemente delante de un hotel con su misma horrible libertad de entrar o de seguir filosofando por las calles. ¿Dónde estaba, de la tierra toda, el pueblo nuevo de la grande vida?

Abrió la cancela. El minúsculo jardín le sumió en la perfumada sombra de sus cersis. Las ramas subían hasta los balcones, hasta los tejados y terrazas. Un pequeño hotel, tan bizarramente bello como un bello panteón.

Entre las dos alas de escaleras vertíanse las conchas de la fuente. Los muros tapizábanse de musgos. Las dos grandes casas inmediatas abrumábanle, empotrábanle burguesamente en antro de rincón de selva. En los lienzos de pared había hornacinas donde pudieran ponerse santas o afroditas. Pensó que igual serviría este sitio para invocar a doña Inés, si hubiese estatuas, o para que a él le clavasen un puñal si fueran menos tontos los ladrones. Y pensó también que la meseta, a la altura de las copas de los cersis, sería excelente para decirle un sermón de loco a unos fantasmas.

Abrió y entró.

Su casa. ¡Qué burla! Su hogar... y el de todo el mundo. Volvía a los cinco días y nadie le esperaba. «Se habrá ido al Escorial» -dirían el pintor y el poeta. Si faltase medio mes, dirían: «Se habrá marchado a Londres». Si faltase cuatro años, dudarían: «¿Se habrá muerto?»

Sin embargo, venía luz del comedor: el poeta debía de estar escribiendo al olor de los fiambres.

Llegó y se encontró a dos mujeres. Cenaban con los abrigos y los grandes sombreros puestos. Se asustaron. Él no había armado ruido por la alfombra. Hubo explicación. Nada de asesino; había entrado por la puerta y con la llave, y era uno de los tres dueños de la casa. Ellas siguieron comiendo pastel y le invitaron. Rubias, muy rubias, muy elegantes.

Presentáronse a su vez: Claudia y Lucía, hermanas, y venidas el martes de Valencia. Bailaban en un cine. Estaban solas, aquí -y en un estudio de la calle Jorge Juan, Julio y Marcial y otros dos, con la Flora y con la Paca y las Eléctricas. A Víctor no le dio la noticia afán de ir -venía cansado.

Entonces, Claudia, la mayor, vio la oportunidad excelente para volverse con ellos. Lo había ofrecido y la aguardaban: los abandonó con Lucía, que no debía estar en la broma, y por dejarla aquí -pues tenían un cuarto las dos, sin sirviente, y sola le daba miedo a Lucía; les dijo Julio que aquí hallarían a la criada y les dio la llave. Tomaron un coche, pero... ¡nadie!, ¡nada de criada tampoco en el hotel! Acababan de revisar las alcobas. En vista de ello, antes de recogerse a su casa, juntas, por quedarse Claudia haciéndole compaña a la medrosa, y habiendo en el aparador encontrado este pastel y estas pasas y este vino, tomaban un bocado, ¡claro!, por si en casa no tenían... ¡Cerraban tan temprano los cafés!

-¡Bravo, riquitas! -sancionó Víctor aceptando la copa de coñac a que también le convidaban.

-Pero si he de irme, ¿quieres?... no como más. Esta, ¿queréis?... sabiendo que tú duermes también en el hotel, no tendría miedo... Vamos, verás, francamente -añadió levantándose y disponiéndose a partir-, no es que a mi hermana la asustase cenar en cueros, según estaban proponiendo las Eléctricas, porque presumen de estatua, sino que no la habrían, al fin, de respetar... Aquí, al menos, tú no estás borracho, ni ella. Además, te supongo, Víctor (¿Víctor, no dijiste?)..., te supongo un caballero capaz de corresponder a la confianza de mi hermana al quedarse. Comprende que cuando ni yo quiero que lo haga, ni ella quiere perder el juicio entre borrachos, será que necesite todavía saber lo que se pesca. ¡Adiós!

Partió, y a los dos minutos rodaba por la calle el coche. Lucía quiso inútilmente verlo por los vidrios del balcón: se lo impidió el ramaje. Era muy joven, tendría diez y siete años. Una chiquilla en una esbelta corpulencia de mujer. Menos diestra tal vez en hablar y provocar con la palabra que en despertar los deseos con la demostración de su talle sensual, habría querido que la viese Víctor así, de espaldas, completándole el encanto azul y rubio de su cara de Purísima. Volviendo a cerrar las puertas del balcón, se acercó a la mesa.

Traía un aire indeciso y pudibundo.

-¿De verdad que no saldrás? -le preguntó a Víctor sin sentarse.

-No.

-Entonces me acuesto. ¿En qué cuarto?

-En el que quieras. En el mío.

-¡Oh, tú estás cansado! -eludió ella con malicia.

-Pero mi cansancio puede menos que una rubia como tú.

-Me acostaré en el de la estufa. No duermen allí Marcial ni Julio, ¿verdad?

-Te veo informada de la casa.

-Comimos también ayer con tus amigos. Tú, ¿dónde andabas?... Hasta en tu alcoba había dos: una Pura y una Antonia. Creo que no las conocían. Las Eléctricas vivían aquí desde el martes.

-Aquí hay cama y mesa siempre para todas las bonitas. La posada del Amor. No se las pregunta quiénes son. Basta mirar si son bellas.

-Sí, le llaman a esto La posada del Amor. Ya lo sé.

Víctor recordó, aunque no quiso, perezoso, decírselo a Lucía, que en una cierta Pascua de Cuaresma se habían reunido en el hotel, entre amigas y compañeras de amigas, quince mujeres. Tuvieron muchas que dormir por los divanes -hasta que echaron diez el Jueves Santo y volaron las demás el

Sábado de Gloria.

-¿Conque me acuesto allí?

-Tonta, en mi cuarto.

-¡No! -rechazó Lucía, esta vez vivamente.

Pero él se levantó, fue a ella y dijo besándola con menudos y tranquilos besos:

-¡Bah, mujer! Deja reparos. Debí de parecerte antes descortés... Creo que le dije a tu hermana que tenía, más gana que de nada, de dormir.

Ahora, contigo solo, tú eres demasiado linda huésped para que pienses que me cuesta esfuerzo librarte de miedos en mi alcoba.

Lucía dejábase besar, pero de nuevo protestó:

-No es eso. Es... que yo no quiero.

-¡Ah! ¿Por qué? -dijo Víctor soltándola y sentándose- ¿Te desagrado? Sí. ¡Yo ya soy un poco viejo!

-No. Tú eres muy amable, como Marcial y como Julio; pero yo... ¡no puedo! Recuerda lo que te advirtió mi hermana.

-¿Algún amante, allá en Valencia... a quien le eres fiel en Madrid, bajo la guarda de tu hermana? Entonces, vete: respeto siempre a las que aman mucho.

En el silencio, ella sonreía maligna y pudorosa.

-Te engañas... ¡Al contrario! -susurró-. Precisamente al revés; es... porque yo no he tenido amantes nunca.

-¡Cómo! -no pudo Víctor menos de exclamar, todo en duda y en asombro-. ¿Con quién hablo! ¿Qué es lo que me cuentas, chiquilla?

-¡Eso; lo que estás oyendo!

-Y eso... ¿puede creerse, mujer?

-Creerse... y demostrarse, si hace falta.

-¿De qué modo?

-¡Del que quiera... quien lo quiera!

-¡Pues yo lo quiero! -lanzó Víctor irguiéndose en la silla.

Pero Lucía, con un gesto, le contuvo en su ademán de levantarse.

-¡Ah, serían precisas condiciones... condiciones!

-¿Cuáles?

-¿A qué decírtelas?

-Dilas.

-Bien; me importa poco. ¿Dónde andabas desde que hemos llegado nosotras de Valencia?... Si hubieras estado con Julio y con Marcial, con los amigos, las sabrías, porque las saben ellos, y en este Madrid lo sabe todo, todo el mundo. El que me quiera la primera vez, o tiene que darme dos mil duros o ponerme casa y asegurarme dos mil pesetas mensuales..

Víctor, que de largo tiempo atrás solía pasmarse de pocas cosas en la vida, se quedó perplejo.

El cartel de venta había sido izado por la virgen rubia con tal simple y brava ingenuidad, que ni siquiera dudó más que ella intentase engañar al comprador neciamente. Y como ella le miraba en oferta; como ella le consideraba un instante en posible comprador, viéndole primero en la mano un gran brillante, viéndole pronto después, sin embargo, en los ojos, una pena y un desprecio, bajó púdicamente la mirada al disculpar:

-¡Ya ves tú, nosotras... no tenemos, para empezar bien, más remedio!... A mi hermana le dieron los dos mil duros. Un conde. Puedes creer que si estuviese ya como mi hermana... me importaría poco irme a tu cuarto de balde. ¿No he dejado que me beses?... ¡No; no somos egoístas!

Giró y se marchó despacio hacia la alcoba de la estufa.

Sintió Víctor, viéndola partir tan bella, tan miserable, en la soledad indefensa del hotel de vicio y de bohemia, el amargo y rabioso ímpetu de ir detrás y... violentarla, sin otro premio que la ira de quien se ve robar su joya de valía...

Desistió. Sería como si la hubiese visto entre el corsé los dos mil duros en billetes y en esta soledad se los quitase. Ella tendría un absoluto derecho a decírselo después en los cafés y en las calles: «¡Ladrón!» Por lo demás, no estaba dispuesto a darla dos mil duros; y aun hubiese de escupirla si por tres volviera la virgen a ofrecérsele.

Una piedad negra e infinita, que cogía desde esta niña rubia y este hotel al Universo, le ahogaba.

Se levantó y se fue a su dormitorio.

En la piedra de la mesa tenía las cartas de seis días. Púsose a romper sobres-. Una le pedía una cita. Otra pedíale cien pesetas; «estaba enferma, grave» -fecha de cuatro atrás- bien; se las daría, si no había muerto. Mery le enviaba besos desde Londres y Ricarda desde Niza. Pero había también una carta de Versala, sin letra de Clotilde; esto le alarmó, porque la mensualidad de la niña en el convento se la había girado al doctor hacía poco. Y escribía el doctor:«Mi querido don Víctor: desde el sábado está su hija en cama con fiebre infecciosa. Aunque esta fiebre suele no ser de gran peligro, es larga, pesadísima, durando a veces ocho y nueve septenarios. Además, la niña es muy nerviosa y delira. Esta mañana tuvo dos ataques. El síntoma me inquieta, porque pudiera la infección hacerse cerebral. Si puede usted venir, venga a verla. No cesa de nombrarles a usted y a su pobre madre (q. e. g. e.) La bañamos. Creo que su excitación se calmaría si le viese a usted a su lado. De todas suertes le tendré al corriente día por día. Suyo afectísimo, Antonio Flores».

¡Oh! Buscó si había otra carta con noticias más recientes. No hallándola, miró la fecha de la que acababa de leer, y se calmó; era de hoy.

¡Pobre Clotilde... y pobre Clotildina!

Su hija. ¡Como su casa, como su hogar... nada de él y todo de todos, y suyo también lo de los otros!

Su «hija» llevaba en el convento dos años. Desde que murió la amante desdichada a quien pudo él amar un poco más que a otras amantes. ¡Un poco más! ¡Pobre Clotilde! Murió... y le dejaba otra Clotilde niña sin padre conocido. Expiró llorando, y abrazada a él y abrazada a ella (al ángel de belleza y de inocencia que le creía su padre), le pidió que la amparase...

Él, ¡qué hacer mejor!, la declaró su hija, la reconoció delante de un juzgado, como hija propia... Daba igual; ella podría heredarle (si no era su sino también morir primero) menos ingratamente que una imbécil parentela.

¡Pobre Clotilde!

Su sombra, que le pareció a Víctor que acudía invocada por su honda compasión, por su ternura, le recordó a la rubia virgen en subasta que dormía no lejos. Acaso de otra noche de subasta naciera Clotildina... ¡Y cuánto la amó su madre!... ¡¡Y cuánto entonces de amor inmenso y dormido, de humano corazón divino de mujer, habría, sin que ni el mundo ni ellas propias lo supiesen, hasta en estas vírgenes en venta!!

Tenía casi una lágrima en los ojos.

Se la arrancaba, a la vez, su olvido de la huérfana. Supo de un colegio, allá en Versala, donde él tenía a un doctor por viejo amigo, y la envió, y no habían vuelto a verse. ¡Escribirla, bah, cada domingo! ¡Leer sus cartas!... «Queridísimo papá...» -¡Pobrecilla!

Resolvióse a ir al día siguiente. Si muriese... quería él recogerla el último beso puro que hubiesen de darle unos labios... ¡Qué pena, habiendo tantas bellas bocas de mujer que podrían besar con más amor de diosa que los ángeles... con inmensamente más pureza que las niñas!

Se ahogaba.

Abrió la ventana y se asomó.

La noche tenía una infinita diafanidad de maravilla.

II

El parque, al sol, tenía una inmensa paz de maravilla.

En las platabandas que circundaban la glorieta, los bojes trazaban las cifras de María, y los tomillos de Italia las cifras de Jesús. Había palomas blancas, y las golondrinas rasaban como flechas las copas de los árboles.

De pronto volaron las palomas. Otra bandada blanca y bulliciosa corría acercándose. Eran las niñas -y los jardines se poblaron de gritos y de risas. Once se apoderaron del columpio; muchas jugaron al diávolo, y dos grupos de pequeñas a la comba. Solamente las cinco mayorcitas quedáronse acompañando a la inspectora en el banco del nogal. Estas seguían preguntándole a la hermana sobre la plática de hoy. Fue de la mentira. Pero a veces hacía falta y debía salvarse la intención, como hizo San Francisco: interrogado acerca de si había visto un fugitivo, dijo, por no delatarle, metiéndose en una bocamanga la otra mano: No ha pasado por aquí. «Y además, llegan a vuestra casa y preguntan por papá. -No está-; pues se miente; debe decirse: -No está- añadiendo bajo (para que usted le vea)»... ¡Oh, qué bien! -Sino que hubo que reñir a una muy mala pequeñina que poníase delante del columpio. Para aplacar la protesta, fueron la inspectora y las cinco a columpiar.

Llegaron otras dos hermanas, y luego tres. Las blancas capelinas, fruncidas bajo las tocas negras desde la frente al mentón, les ceñían la cara, dándoles una ancha y rosada frescura infantil. Eran jóvenes casi todas ellas, y las niñas acababan por tratarlas como a niñas. Quieras que no, subieron a una al columpio; y al fin columpiábanse también la hermana

Carmen, la hermana Rosa y la hermana Veneranda... El parque estaba en plena gloria de risas y de gritos. Los diávolos bajaban y subían. Algunos a grandes alturas, por encima de los árboles. Pero a los diávolos (¡Ave María Purísima¡), se les cambiaba el nombre por carretes, y además se prohibía jugar cerca de la tapia que daba al campo, pues una tarde, mozuelos irreverentes, que volverían de cazar, osaron dispararles con munición a los carretes. Se comprendió cuando cayó uno acribillado y trompicando desde arriba. -¡Ah, qué bien se estaba aquí! Las colegialas reían con las hermanas y no querrían salir nunca del convento.

Sin embargo, en el columpio tuvo que establecerse el orden de un modo repentino: llegaba la directora.

Llegaba... solemne, lentamente entre los álamos. Sin duda vio a la hermana Carmen por el aire y la oyó chillar... y venía disimulando haberla visto. Requeríalo el cargo que las iba recorriendo a todas, cada año, por turno. Cuando lo tuvo la hermana Carmen, tampoco se columpiaba. Y llegó la directora y se sentó. Al banco fueron a acompañarla algunas niñas. Todas informáronse de cómo seguía la enferma.

-Lo mismo. ¡La Virgen de Tur quiera salvarla!

-¿Viene el papá? -le preguntó una morenita, amiga de Clotilde.

-Mañana llega.

Hubo un alto en el columpio, y se diría que una oración pasó con el silencio por los labios y las almas. En seguida se mecieron solamente las chiquillas, y la hermana Carmen empujaba. La hermana Rosa y la hermana Encarnación se fueron a ayudar a las combas. Volvió a reinar la alegría.

Quiso la hermana Veneranda enseñar al diávolo a una chiquitina, y no sabía ella espiarlo en el cordel. Mientras, se reía la directora; una rubia cubanita echábala piropos. ¡La directora, la grave directora, la hermana Nieves, más buena, más joven que casi todas las otras monjas del colegio!

Ella no quería decir sus años, por no perder autoridad; pero la morena amiga de Clotilde los sabía, de cuando no era directora y jugaba al corro en el jardín: apenas llegaba a veintitrés. Una le rodeó a la toca sus trenzas rubias, por verla cómo estaría con el pelo; otra, sus negras trenzas.

-¿Cómo es usted, madre? ¿Rubia?

-No, mujer; ¿no estás viéndome las cejas?... ¡Qué loca!

-¡Ah, sí! Pero... ¡es usted tan blanca! -y se la inclinó al peto y le besó fervorosamente la medalla, con el fin de demostrar que no la quería menos porque no fuese rubia también.

Quiso la otra en seguida rezar por Clotilde, y las tres pusiéronse a rezar. La madre no había venido más que a descansar un rato, del cuarto de la enferma. Sin embargo, el rezo se interrumpió con la llegada de otra hermana: estaba en el locutorio esperando el párroco de las Mercedes. La directora se levantó, y se llevó, de paso, a la hermana Carmen. Le extrañaba esta visita. La compañía gustábale como una dignidad que le daba al cargo, tal que con sus damas una reina.

Ya iba delante, y muy serias las tres, cuando entraron en la casa. El anciano sacerdote traía cara de disgusto. Era un sabio arrugadito, tintado por la bilis, con lentes, todo calvo. Sentáronse. Mostró su asombro de que supiesen ellas el viaje del papá de la enfermita sin encontrarlas aterradas. En el convento vivían aparte del mundo; se desconocían cosas que no ignoraba él, por desdicha, y debía advertirlas: no es que fuese aquel señor un descreído, sino un malvado y un hereje; autor de novelas nefandas, debíales bien triste celebridad; los periódicos y revistas de la buena Prensa lanzaban sin cesar al escarmiento y la vergüenza sus escándalos. Por ejemplo: aquí, cerca del mismo Versala, en Tur, tuvo tiempo atrás una querida a quien volvió loca y mató a fuerza de martirios.

Poco después su mujer corría la misma suerte, y de ella le quedó Clotilde.

Finalmente, vivía en Madrid con otros de su laya y en perpetua bacanal, en una maldita casa donde tenían sobre los lechos, en vez de Crucifijos,

Sagradas Hostias clavadas con puñales...

¡Oh! ¡No esperaban las hermanas tal horrenda cosa... y tal conflicto!

¿Debía consentirse, pues, que ni siquiera el réprobo pasase los umbrales del convento? La cuestión se discutió. Clotilde no era la única pobrecita niña hija del pecado que estaba aquí, con la piedad de ellas hacia tales inocentes, en el abandono de una madre o de un padre rico, y con el cristiano deber de las cristianas por disputarle al Mal almitas blancas.

Clotilde, bella y buena, queríanla más, justamente porque nadie venía a verla desde que estaba en el colegio. Aparte su gravedad, que lo impedía, fuese el hacerla salir, como entregarla al enemigo; pero su padre tendría derecho a ella, según las profanas leyes, y a verla aquí, según el reglamento. Y en fin, ya que tampoco el designio del sabio sacerdote cifrábase en que echasen a la niña, sino solamente en avisar a las hermanas de la casta de hombre que las iba a visitar, el delicadísimo acuerdo quedó fundado en estas bases: pasiva hostilidad, y toda la brevedad posible en las visitas. El buen párroco, por otra parte, sabía la noticia del viajero porque el médico se lo acababa de contar, mostrándole un telegrama: venía, pues, el hereje, llamado y por cumplir; lo probable sería que se largase al día siguiente.

El párroco se despidió.

Y ahora sí, estaban aterradas las tres monjas. Siguieron deliberando, y la directora llamó a todas las hermanas a capítulo. Buscaban una línea de conducta. El terror invadió también a las demás, y aparecíaseles el réprobo como un demonio. ¡Las Hostias clavadas con puñales! La menos joven, la hermana Petra, que ya pasaba de cincuenta años, propuso que nunca se le recibiese sino por tres juntas, para que mientras una le hablase, dijeran las otras incesantemente: «¡Jesús! ¡Jesús! ¡Jesús!...»

Además, se reforzarían los escapularios y aumentarían sus oraciones.

Quedó la directora sola, después -reclamada la comunidad por sus cuidados con las niñas. -Primero rezó, arrodillándose ante una Pura. Luego volvió a sentarse en el mismo sillón gótico en donde habíanla hecho temblar las revelaciones tremendas, y pensó, fortalecida, que era un poco cobarde e infantil la resolución adoptada. Tres, o todas, como cada una de ellas, debían tener, en su misión santísima, la heroica fe y el valor que afrontase los espantos. Desde la autoridad de su cargo temió haberle dado a las hermanas ejemplo de debilidad. Recordó que no formaba sino estricta obediencia de su regla combatir el miedo; allá en la Casa Matriz, la madre general, cuando novicias, obligábalas a llegar hasta los rincones más obscuros de los claustros, donde la alucinación de chicuelas hacíalas ver al enemigo, y las mandaban velar solas a los muertos.

Se avergonzó la directora. Llevaba en el corazón a Dios, al Invencible, y diríase que todas lo habían dudado al aceptar en salvación el mutuo vil amparo de ellas mismas. Se levantó y se vio en la faz, al paso, en la dorada cornucopia, un rubor de vivo fuego. Mal sabía cumplir su dirección en esta casa. Dispondría un trisagio en desagravio. Para recibir al réprobo, el convento no debía cambiar absolutamente en nada sus costumbres. Si era un cínico, que osara blasfemar o querer quitarle las reliquias a la enferma, ella se sobraría para imponerle el duro correctivo.

Y bajó -con no sabía qué detestable impresión de cuernos y de rabos y de pelos largos y de azufre-, bajó por la ancha y soledosa escalera, en que ya brillaba el farolito, hacia el cuarto de la enferma.

III

DETENTE -fue lo primero que vio Víctor en el pórtico-, EL CORAZÓN DE JESÚS ESTÁ CONMIGO.

Diríase que se lo mandaba a él la santa placa.

Corrióse la mirilla, un fuerte cerrojo después, y por último la llave y el picaporte, y entró delante el doctor. La hermana portera hizo sonar «a médico» dos golpes de campana. Esperaron, presentando don Antonio a Víctor e inquiriendo noticias de la enferma, que había pasado en calma la noche. Pero sonó también un timbre, y la hermana portera, por acudir a la llamada, hízoles pasar a un pequeño recibimiento que estaba a la izquierda del portón.

El cuerpo de entrada, cuyo suelo era de mármol, adornábase con macetas de azucenas.

-¡No sé! Nunca me detienen -dijo don Antonio. -Será porque viene usted. Sus libros, para monjas, ¡claro... deben de darle una fama!

Y no de sus libros, de su vida, que era la forzosa negación de sus libros, sufrió el novelista bochorno. En el ambiente de azucenas advirtióse él mismo la emanación de perfumes acres con que todo lo impregnaban las mujeres del inmundo hotel.

Volvió la portera, invitándolos a entrar. Sabía el doctor adónde, y a su lado cruzó Víctor un claustro de columnas finas que tenía en su centro un jardín y una cisterna. La madre los recibió en una puerta lateral. Por otro ángulo cruzaba leve otra monja, revolando silenciosa su negra túnica por el níveo pavimento.

-La madre directora... El papá de Clotilde -presentó mansamente don Antonio.

La madre inclinó apenas la frente a la reverencia de Víctor, que se admiró de verla tan joven. Si le había mirado, debió de ser con la sagacidad instantánea de quien sólo ansía ser vista con la mirada en el suelo; estaba pálida y serena. Guió. Era alta. Dentro del saloncito, detúvose un segundo ante una colgadura, completándole al doctor detalles de la noche. Al doctor, no a Víctor. Este sentíase restado de la atención de la monja; intruso aquí, no se recibía de él más que al papá de Clotilde, ¡a lo único falso, pero grande, al menos, que había en la realidad de su existencia miserable! La madre alzó la colgadura. Pasaron.

En su dorado lecho yacía la enferma boca arriba, muy pálida. Una cofia recogíale los rizos en las sienes. Dormía. El médico la pulsó, indicándole a Víctor que no le reconocería aunque quisiera despertarla. Él mismo, sin otras inspecciones, respetó este sueño, logrado a fuerza de bromuro. Grande la fiebre; y como la madre llevaba la termométrica observación en un cuaderno, ella y el doctor, para mirarlo, volvieron pronto al saloncito. Sólo entonces, Víctor, él intruso, osó doblarse a contemplar «a su hija».

Tendría siete años. Su cama no era ya la cuna en que la dejó la pobre muerta. ¡Cuánto había crecido! En la celeste colcha marcábanse las puntas de los pies. Bella cómo un arcángel. Resplandecía en su rostro, con la inexpresión de su inconsciencia, una idealidad de gloria y de infinito... una paz de eternidad, tal que si fuese ella el centro mismo de la eterna paz que flotaba en el convento. Olía a inciensos y a éter. Fue a besarla, y un escapulario le contuvo; estaba sobre el embozo, sacado, por el cordón, del cuello de la niña, y justamente en medio de su pecho: DETENTE, EL CORAZÓN DE JESÚS ESTÁ CONMIGO.

En la enorme costra de impurezas que envolvía su alma, Víctor sintió removerse amarga su bondad. Otras almas buenas, grandes, vivas aquí en la muerte de la vida, no podían comprender con su inocencia infantil que también el alma de una madre, viva en la enorme vida de la muerte, estuviese con él, junto al lecho azul y blanco, diciendo: «¡Bésala, sí!...

¡Besa con tu noble amor de humanidad a la hija mía sin padre!» Acabó de inclinarse, y robó un beso, un solo beso en la frente de la niña, como quien robara algo del convento.

¡Oh!, un robo; la pureza y la bondad, en la propia mansión de la bondad y la pureza!

¡Su hija! Las cartas, ¡oh!... «Querido papá.» Y en dos años no la vio, y en dos años cambió tanto, que él no la hubiese conocido si la encuentra en una calle. ¡Qué importaba! ¡Su hija, su hija!... Era su dolor, y lo había sido muchas veces, no poder ser lo mismo el padre de todas las niñas como esta. Sin él, ésta vendería en Madrid revistas y caricias con guiñapos...; ésta yacería con su fiebre y con hambre en el banco de un paseo..., lejos de tener aquí besos de buenas, sedas de lujo.

¡Ah, cuán menos la hubiese conocido a los dos años, dejada sola, si la encuentra en Recoletos... y cuánto más importaba, pues, amar que conocer a los hijos!

Clotilde. La contemplaba. ¿Iría a morirse?... El amor de la muerta, de la madre, que ya era amor de Dios, esperábala quizá... y la espectral belleza de alma pedía, envolviéndole: «Si muere, despídela tú...; envíame y recoge en tu pureza con su último suspiro y de su último suspiro el beso de pureza que yo no supe darte!» Dos lágrimas, que cayeron en la frente de la niña, fueron de un corazón la respuesta y la promesa. «Si muere, yo cerraré sus ojos, yo guardaré su último suspiro...»Mas volvía la monja, sin ruido, con su también espectral deslizarse de sandalias en la estera y en la alfombra, y Víctor tuvo veloz que quitarse con los dedos la huella de sus lágrimas... de las dos únicas lágrimas que tan raramente le subían del corazón como una esencia carísima y preciosa.

El médico ordenó desde la puerta:

-¡Salgan! ¡Déjenla dormir!

Una orden para él, para el intruso. Le limitaban su afán, sin duda por indicaciones de la madre, y salió. El doctor, haciéndole sentarse, se puso a contrastarle sus pronósticos, muy graves, con la térmica gráfica.

La madre, mientras, en la alcoba, hacía por confirmar que el réprobo no arrancó el escapulario del pecho de la niña, ni la corona ni las flores a la Virgen. Tenía, además, otro asombro: el réprobo lloraba... ¡Sí, ella le vio húmedos los ojos... y estaba viendo las lágrimas en la frente de la enferma!... ¿Cómo ésto? ¿Por qué lloró?... ¡Un hombre que venía porque le llamaban y que había entrado tan impasible hasta el lecho donde se moría su hija!...

Salió también al saloncillo llena de confusión, de dudas, de miedo... rezando... Cogió un devocionario y se sentó.

Al levantarse don Antonio, Víctor le imitó para salir; aquél dijo:

-No. Siéntese. Puede esperar un poco, ¿verdad, hermana?... mientras yo en la enfermería... Hay otras cinco niñas que ver. A Clotilde la hemos aislado aquí por tratarse de infecciosa.

Aguardaba al médico la hermana Petra en la puerta, y le acompañó.

Víctor habíase quedado inmóvil, mudo.

-¡Siéntese! -insistió la directora.

-Gracias.

Le indicaba lejos el sofá, y Víctor obedeció. Ella leía y él, enfrente, sin ninguna impertinencia, pudo observarla. Su cara se envolvía entre sombras, hacia el libro doblada la cabeza, en el capuz del manto.

Sus manos, en cambio, recogían la plena luz de la ventana como un mate marfil. Era fina, con esa finura de raza que se refleja toda e indudable en el aspecto, y acaso la selecta educación de su niñez la tenía violenta en esta actitud de lectora arisca ante un hombre que, fuera lo que fuese, sabía mantener su visita con corrección irreprochable.

A los pocos segundos la turbación de ella era mayor, y acabó por entrecerrar el libro y abatírselo a la falda.

-Hermana, si lo deja por mí -la invitó Víctor-, siga leyendo.

-No, gracias. Terminaba una oración. Dispénseme.

Y como le miró, al contestar, sorprendida por la extrema cortesía del réprobo, se deshizo un poco su visión de cuernos y de rabos. No obstante, añadió, volviendo a bajar los ojos y sin saber si así también, cortés, pagábale, o le oponía una idea de Dios como una valla:

-El médico dice que está la niña muy mal; nosotras le pedimos a la

Virgen que la salve. ¿Cómo la encuentra usted?

-¡Oh, no sé! ¡Pobrecilla! Mi impresión ha sido de esperanza. ¡La

Virgen la salvará!

Otra vez la religiosa miró al malvado. Su hipocresía le pareció perfecta. No hubiese dicho esto más conmovidamente un justo. Al menos, la halló bien preferible a la cínica y brutal irreverencia que todas esperaban.

Y otra vez bajó los ojos, para decir en sutilísimo reproche:

-¡Es tan buena!... Merece que se la quiera, en verdad. Aquí la queremos mucho.

-En las cartas -concedió Víctor- me habla siempre de una hermana a quien adora y que la adora: la hermana Nieves.

-¡Soy yo! -repuso la directora.

-¡Ah! ¡Gracias, hermana!... ¡Por eso la cuida usted! ¡Gracias!

Y la sorprendida en bondades se apresuró, ruborosa, a atenuar:

-Todas la queremos. La hemos traído a esta sala, que es la Dirección, y yo la cuido, porque las demás tienen que atender a las clases. La fiebre, también, según dice el médico, pudiera contagiar a otras niñas, y yo con ellas tengo, al fin, menos contacto. Soy la profesora de música y dibujo, y otra hermana me sustituye en estos días. Cuando salgo para algo, me desinfecto y me cambio de ropa; pero la que mientras vigila aquí, no entra; espera en la puerta y me llama, si es preciso.

-¿Y de noche...?

-Sí, yo también.

-¿Y no duerme?

-Aquí. En una butaca..., ¡qué -más da!

A Víctor le recorrió un calofrío.

-¡¡Oh, hermana!! -murmuró.

Y fue tanta la admiración de su frase (en su vergüenza de canalla de aquel madrileño hotel vuelto a su mente), que la hermana bajó la mirada con enorme turbación.

No volvió a hablar.

Víctor se quedó mirándola. En la penumbra del manto lucía su faz con una blancura eucarística..., con una blancura morena de Hostia, casi tan blanca como la blanca capelina. Su boca era muy pequeña, y muy roja en mitad de tanta palidez, y las dos hileras de pestañas, en los párpados cerrados, muy curvas, muy negras, muy grandes. Principalmente le volvía a admirar su juventud: una chiquilla. Y un respeto más doloroso y santo, hacia esta flor de vida consagrada al sacrificio, tornaba a levantársele en el pecho hasta causarle congoja. ¡Una niña, una virgen... como aquella rubia del hotel! ¡Y qué abismo entre las dos!

Pero dejaron sus ojos de mirarla y de admirarla. Ella sentía esta honda admiración, e inquietábase.

Sin embargo, a Víctor le crecía no se supiese qué afán o qué rabia por acabar de incendiarla con su propia humildad de miserable esta turbación gloriosa, y lanzó trémulamente:

-Hermana..., si usted me lo permite, yo me atrevería a pedirle un favor.

-¡Qué! -inquirió ella con recelo, ante aquel tono imprevisto y tras de aquel silencio, en que se estuvo adivinando contemplada.

-¡Algo... que yo no me merezco! ¡Algo... íntimo, personal, de usted a mí, completamente!... Algo...

 La dejó que se estremeciera toda, llegando a la lividez..., tocándola hasta el fondo del alma misma con lo que ella creería inaudita procacidad del perverso, y terminó, más férvido en la súplica:

-Algo, no obstante, que yo les he pedido, y ellas han querido concederme, a cuantas mujeres buenas he encontrado por el mundo: ¡que recen por mí, que pidan a Dios por mí... en sus oraciones!

La aterrada, la indignada, la que ya tenía quizás en la garganta el grito de anatema y de socorro, tuvo que ser... la maravillada.

Primero le miró, aún con el miedo de una burla, de una burla que harían sacrílega el lugar y la ocasión; luego, convencida de la extraña fe de semejante ruego por el sello de verdad, por el anhelo del rostro, ya no supo qué pensar ni qué creer.

-¡Ah, rezar! -dijo-. ¡Nosotras rezamos siempre por todos!

-No es eso, hermana. Quiero que recen por mí, ya que no rezo. Me lo prometieron esas otras mujeres buenas, que son lo menos tres, y seguro estoy de que lo cumplen.

-Y usted, entonces, ¿por qué no reza?

-¡No puedo, hermana; no puedo, no sé! Tuve un alma que rezó, que sabía orar, cuando chiquillo; recuerdo, hermana, que mi madre me daba algunas monedas los domingos, y que yo echaba en el cepillo de la Virgen la mitad, y muchas veces, todas. ¡Pero aquella alma la perdí!

Pasó por el silencio de un instante una divina vibración, y concedió la joven directora:

-Desde hoy rezaré por usted.

Vibró en el silencio de otro instante una divina gratitud, y continuó la piadosa:

-¡Yo rezaré por usted todas las noches!

-¡Gracias, hermana! ¡Todas las noches! ¡Toda la vida! ¡Prométalo!

-¡Se lo prometo!

Y lo que vibró esta vez, no en el aire, en las místicas alturas del alma de Víctor, prefirió guardarlo para él: esta bella mujer excelsa acababa de darle un poco de sí misma, de su amor, de su alma, por siempre..., ¡como jamás ninguna de las tantas que creyeron darse enteras en su carne de amorosas!

Se acercaba alguien por el claustro. El médico volvía.

-¿Vamos? -dijo desde la puerta.

Pero entró, a pesar de la maquinal invitación. Tenía que darle cuenta a la directora de las otras enfermitas. Nada importante. Además, por hábito o por cortesía, pasó a ver de nuevo a Clotilde. Y la directora y

Víctor, detrás.

La niña seguía durmiendo. Don Antonio la pulsaba. Víctor, en despedida, no osaba sino a tenerle en caricia sobre la frente la mano.

Habría querido... más... y... ¡oh, el escapulario... en presencia de aquélla que lo puso como una prohibición!... Pero lo advirtió la buena, la santa; lo guardó debajo de las sábanas... e invitó al protervo con una mirada de celeste amor y casi con una sonrisa... Sólo entonces doblóse

Víctor y besó la blanca frente de Clotilde.

-Adiós, hermana. Si me fuese permitido, volvería esta tarde, cuando vuelva don Antonio.

-Puede volver cuando guste -accedió la directora.

Y partieron.

IV

-Madre, ¿por qué tarda?

-¿Tu papá?

-Sí.

-¡Bobita, si son las cinco! Viene siempre a las seis.

Cerró los ojos Clotilde, giró en la almohada la cabeza, y tendió un brazo fuera de las ropas. La directora volvió a arroparla el brazo, y quedóse contemplándola.

Sobre la colcha había dejado el libro de oraciones.

No era el de la niña más que uno de sus lúcidos destellos en mitad de sus delirios, en mitad de su sopor. Le arregló la cofia y los rizos de la frente, sin que lo sintiera. La cama estaba llena de muñecas y de estampas de Nuestra Señora de Tur. Se las traía... el réprobo, el ser incomprensible, que tenía Hostias clavadas con puñales, y que le mostraba a su hija ternuras tan extrañas después de no haberse cuidado ni de verla en tanto tiempo.

Él, desde el segundo día, recordábala en saludo: «Hermana, ¿rezó por mí?» Contestaba ella que sí, y era lo cierto que al dedicarle cada noche una oración, sufría como si en ella misma hubiese una rebelde contumacia al estar implorándole a Dios la salvación de un irremisible condenado.

Acaso mientras rezaba ella, la oración estuviera sirviéndole de mofa al sacrílego.

Se le había convertido en obsesión, en turbación de todos los momentos.

Cogió el libro, y púsose a leer. No pudo; el libro tornó a caer sobre la falda.

-¡Oh, papá!... ¡Papá Víctor! -musitaron en vago subdelirio los labios de la enferma.

Quedó ahora de faz a la hermana, en otro inconsciente y brusco girar de la cabeza, siempre cerrados los ojos; y mirándola tan pura, la hermana se estremeció. Ofrecíasele un nuevo e indescifrable aspecto del indescifrable: ¿cómo un ángel así podía querer a un monstruo?... Clotilde, cuando vino al convento, además, era ya un ángel. Ellas no habían tenido que formarla el corazón. Pero si el padre se lo formó, si el padre la había adorado y la adoraba, ¿cómo podía adorar a un ángel un monstruo, y cómo pudo formar a un ángel?

En cuanto a esto, habíale sometido a rígida experiencia. Tan pronto como, engañada ella tal vez por la corrección del perverso, le otorgó la libertad de venir mañana y tarde, acompañando al doctor; tan pronto como después (igualándole, y no más, en la costumbre del colegio con todos los demás padres cuyas hijas enfermaban) se la amplió para quedarse el tiempo que quisiera al lado de la niña, porque ésta, tras un gozo loco de haberle reconocido un día, en una baja de la fiebre, tuvo el asombro doloroso de ver que partía con don Antonio; tan pronto, en fin, como él con sus delicadezas raras aceptó lleno de real e hipócrita prudencia la ansiada concesión... -ella, temiendo que le guiase el satánico designio de turbarle su fe a una religiosa, o la profana curiosidad siquiera de observarla íntimamente, hízole pasar a la alcoba desde luego, le señaló su puesto junto a la cama de la niña, y corrió la colgadura y le dejó allí.

Confinada en el salón, se dedicó a espiarle. Por breve espacio le oyó charlar y jugar con su hija y las muñecas; pero la fiebre sumió pronto a

Clotilde en su hondo estupor habitual, y el monstruo, el réprobo, el hombre aquél tan extraño, continuó velando y contemplando al ángel media hora..una hora... dos horas... con una expresión de triste dicha en el rostro... con una serenidad de inefable adoración en su actitud... Y lo mismo al otro día, y al otro... ¡lo vio ella, cada vez que entraba a darle medicinas o a ponerle el termómetro a la enferma!

Aquel hombre, pues, amaba con todo el corazón a Clotilde. ¿No sería un infinitamente perverso... infinitamente contristado de su mal? ¿No sería un hereje llamado a arrepentirse... tocado quizás en el fondo del alma bella que tuvo cuando niño, por esta paz de esta casa? Decíalo él: «Yo, hermana, no había estado nunca en un convento.» Le placía llamarla «hermana», «hermana», a cada frase de la conversación, como en una dulce nostalgia lejanísima de una madre, de otras hermanas que habría perdido y que no hubiese vuelto a encontrar por el mundo. Y lloraba el hombre aquel.

Y pedía oraciones. Y traía estampas de la Virgen.

Poco a poco, desde entonces, la piadosa le había ido concediendo su piedad, en una angustia casi loca de penetrar el misterio horrible y negro de su alma. Las colgaduras de este cuarto no volvieron a correrse; y cuando ella entraba, ayudábanse los dos en los cuidados de la niña. Otras veces era él quien se quedaba en el contiguo saloncito, y charlaban; o la oía leer, con suma devoción, pasajes de un libro santo.

Sonó el reloj: las seis.

Fue por el termómetro la directora, y se lo puso a Clotilde. La pobre ni lo sentía. Ella quedó esperando de pie. Miraba a la niña y abstraíase intentando adivinar si la Virgen de Tur querría salvarla. Luego parecieron querer sus ojos preguntárselo a la Virgen, siempre impasible.

Pero repitió el reloj las seis; y como del corazón, le resurgió la imagen de Víctor al tiempo que le dijo el alma temblando: ¡ya irá a venir!... Hízola inmediatamente volverse un ruido; y puesto que no era nadie, advirtió mejor en la quietud que el corazón le golpeaba con violencia. Una zozobra la invadía: ¿tenía miedo... o ansia de que llegase él?

No pudo contestarse. El ruido había sido cierto; en la puerta de los claustros, y sin pasarla, anunció la hermana Carmen:

-¿Madre?... ¡Don Víctor está aquí!

La directora se oprimió con una mano el pecho bajo el hábito, alzó con la otra el cortinón, y dijo asomándose a la sala:

-Adelante.

Víctor entró, saludándola.

Pasó a la alcoba, besó a la niña y se quedó en su butaca, entre la

Virgen y la enferma. La directora, esperando el termómetro, permaneció de pie, al opuesto lado. Un instinto de sutilísimos pudores, del que no se daba cuenta quizás, impedíala sentarse, cuando estaba Víctor, como en una instalación definitiva de los dos cerca de una cama. Esto, por lo menos, lo pensó él, admirando la pureza, la extrema delicadeza de la santa.

Hablaron de Clotilde. Luego, de nada. La directora tenía hoy, aunque dulces, breves las respuestas. Y en el silencio los sorprendió la magia de un preludio de violines.

Miráronse en mutua interrogación. Por la ventana entreabierta a través del transparente y de la doble celosía, la música sutil llegaba de la calle. La directora no pudo comprender; pero Víctor, sí, acordándose de las armoniosas orquestas de ciegos que desde Madrid suelen hacer excursiones. ¡Qué bien!» dijo la hermana, que aun siendo la profesora de piano en el colegio, sin duda no conocía este vals de cadencias sentidísimas.

-Sí, muy lleno de expresión -confirmó Víctor-. Se ha hecho popular, mas no vulgar; se llama Quand l'amour meurt.

-¿Cuando el amor...?

-Cuando el amor muere. Sabiendo el título se recoge mejor su sentimiento, su melancolía. Fíjese, hermana. Es de una bella desolación tremenda.

Quedó la directora con la vista en la raya de luz del transparente, atenta al largo gemir de los violines. Un violonchelo llevaba el dúo. El compás marcábalo con melódica lentitud un suave zumbar de contrabajo. Y todo, los trémolos, la honda y larga queja de las cuerdas, sus agudos finales que se quedaban flotando rotos como sedas de cristal, la hería con ese encanto de las músicas suaves que no se sabe dónde suenan. Su alma, a la vez que la terca sonata vuelta a su ritmo grave sin cesar, vibraba de dulzor y de dolor como una inmensa oquedad sonora también tañida por crueles arcos. Víctor le estaba viendo en el semblante la emoción, a la sensible. Pero notó ella de improviso cuánto él la contemplaba... y giró convulsiva, y partió ligera de la alcoba.

Persistía tenaz el ritmo venenoso. Junto al lecho de la pobre niña, que sin haber amado, sin haber vivido, acaso iría a morir, sólo lo iba recogiendo el triste que tenía tantos amores muertos en el alma.

¡Ah!...Cuando el amor muere... ¡Cuando no puede nacer más de un amor muerto otro amor! Calló la orquesta, y Clotilde removióse -con esa vaga percepción del silencio que tienen los que duermen al cesar los rumores de un arrullo-. Había sacado un brazo y girado la frente en las almohadas

-sus dos automatismos del delirio y del fuego de la fiebre. Al arroparla

Víctor, vio el termómetro. Lo cogió; lo miró: ¡40 grados! Se lo llevó a la madre.

-¿Hermana?... ¡Esto!

-¡Ah!

¿Qué palidez fue la de la hermana? Ella lo sabía: se había olvidado del termómetro y por primera vez dejaba de ser una máquina de exactitud con la enferma. La música le sonaba dentro... ¡como si a ella tuviesen los violines nada que decirla de los amores que nacen ni de los amores que mueren! Mientras marcaba la temperatura en la gráfica, oyó a Víctor detrás:

-Es bonito ese vals; ¿no lo tocan ustedes?

Ella terminó su anotación pensando una respuesta de severidad para sí propia.

-No -dijo al volverse de la mesa- Es demasiado alegre para... aquí.

-Cómo, hermana, ¡si es muy triste! Querrá usted decir profano. Más ni eso. El amor que muere puede lo mismo referirse al amor a un Dios. ¡Qué más pena que haber amado a Dios y no saber amarle!

-¡Oh, el amor a Dios es el único que no puede esa música expresar, porque no puede morir... porque nunca muere!

Se alejó para sentarse, y Víctor respondió con amargura:

-En mí no vive. Al menos, como cuando yo le echaba mis monedas a la Virgen.

Ante la viva prueba, de nuevo sintió la directora una gran turbación y una gran piedad en la conciencia. No contestó. Vio al mísero dejarse abatir en una silla.

Contemplando el espectáculo de su melancolía inmensamente humilde, se calmaban sus terrores de estar implorando la clemencia de Dios para un relapso. Pero invadíala otro íntimo terror por esta posible finitud de la fe divina, y su curiosidad hacia el negro misterio del alma desdichada creció en el egoísmo de querer saber inmortal en la suya la ventura. Este hombre infeliz no debió de haber tenido nunca la fuerte fe que no se pierde.

-Dígame, don Víctor -le interrogó obediente a un impulso irresistible-, ¿creyó mucho cuando niño?

-Mucho, hermana. Recuerdo... que me clavaba a veces las uñas hasta hacerme sangre, por sufrir, como Jesús, delante de su imagen.

Y el fervor del solo recuerdo en esta confesión alzó una humillante niebla de rubores por el alma de la hermana: ella, en una Orden que era más de enseñanza que de rigor de disciplina, jamás había llevado la devoción hasta la material tortura de su carne. Habíase quedado mirando a

Víctor con una admiración involuntaria y compleja:

-¡Qué lástima -exclamó- que haya en usted contradicciones tan horribles! Usted... podría ser bueno... ¡acaso mejor que los mejores!

-¡Sí -reflejó Víctor como un eco, siempre mirando al espacio de blanca estera que dejaba entre los dos el ancho de la sala-. ¡Podría ser bueno! ¡Querría ser bueno!

-¿Por qué, entonces, no lo es?

Para contestar, ahora, Víctor levantó los ojos hacia ella, que le sostuvo la mirada limpiamente.

-Serlo, quizás, hermana, lo soy. El parecerlo también no depende de mí. Depende de los demás.

Se rompió la purísima comunidad de las miradas. Ella, bajando la suya al libro, murmuró:

-¡No le comprendo!

Víctor halló preferible que no le comprendiese esta vida inocentísima y se limitó a preguntar:

-Usted, hermana, ¿me cree muy malo?

-Yo... ¡oh, yo...! -vaciló la religiosa. Pero habíala traído el azar a la ocasión de proseguir o desligar con el extraño un voto que hacíala un poco suya de alma y de memoria para siempre, y se atrevió, como en un derecho, como en un deber: -Yo... ¡no le conocía! y al convento ha llegado delante de usted... su mala fama. Rezo cada noche, según le prometí, y me atormenta la duda, sin embargo, de si no prometí con ligereza. La fama dice que en Madrid vive usted en una casa de maldición y sacrilegio.

-De bestialidad y de vileza -tuvo que conceder el contrito- por no decir de ironía, serían mejores nombres: le llaman la posada del amor.

-Dicen que allí hay santas reliquias... para la sola maldad de profanarlas. ¿Es cierto?

-¡Oh, eso no es cierto, hermana! Calláronse.

La negación había brotado de la sinceridad de Víctor con harta sencillez. No le creería la hermana. Y aquí, en el ambiente de paz que por primera vez se le ofrecía a la fatigada vida en la mansión de almas, y junto a la única alma pura y toda abierta que encontró jamás, ahogábale el afán de parecerle bueno. Jurar o fiar sobre su honor, fuera inútil para con quien juzgábale minado por todos los sarcasmos.

Por los claustros llegó un distante rumor de órgano de iglesia; luego un coro de voces infantiles. Entre esta nueva melodía y la batalla de vergüenza y de dolor que llenaba en silencio al miserable, estaban, y los veía fuera él, la blancura de los mármoles, las columnas finas, la cisterna del jardín. Una vidriera de algún alto ventanal reflejaba un sol teñido de colores hasta el suelo de la puerta. Otra, aquí dentro, tintaba el sol directo de la calle en pálidos rosas y azules al tenderlo por la estera. Y era mayor la calma, la honda calma acusada desde lejos con el órgano y el coro angélico de niñas, y confirmada con el largo cruzar de ensueño de una monja por el profundó reposo del patio, donde vivían sin pájaros e inmóviles las flores, en esta estancia de tibia luz primaveral y de consuelo, en donde había un altar, en donde había una limpieza y un orden de infinita maravilla por los góticos sitiales de firme roble con tallas de corazón de Dolorosa, y en donde había una vida de bellísima mujer todo alma y un alma de eternidad de muerte bella, transcendida desde el ángel de candor que allí cerca se moría.

-Hermana -dijo-, yo quisiera no salir de alguna casa como esta..., vivir en ella siempre..., morir en ella. ¡Qué envidia me da usted!

La hermana alzó los ojos y volvió a bajarlos. Fueron sus párpados, para el ávido de luz, algo así como dos alas de mariposa blanca que abriesen y cerrasen un foco de la gloria.

-¡Ah! -la oyó decir-; las casas como ésta están abiertas para todos.

No se le pregunta al que llega quién es, sino si trae un poco de ternura.

-¡Un poco de amor!

-¡A Dios! -amplió la religiosa.

-¡Dios está en todo! -amplió aún el creyente de Dios y de la Vida.

La hizo enmudecer.

Pero acababa de oírla una frase, trasunto cruel de idealidad en su semejanza horrible con la que él le dijo aquella noche a aquella desdichada, y la inversa exactitud del convento santo y del hotel inmundo fue completa. Posada del Amor, esto también, adonde llegaba un mísero, y en donde era la hermana quien le acogía con generoso acogimiento. Aquí, ella, la santa de Dios, que pedía ternura. Allí, él, el santo de la Vida, que pedía belleza. - De la Vida. - De Dios. - Ternura. - Belleza. -¡Todo de un Todo y parte de lo mismo! ¡Todo Amor!

-Hermana -volvió a decir-: como nunca, desde hace mucho tiempo, y con una fe que no volveré a sentir si no encuentro más un alma como su alma, me está quemando el alma un hervor de confesiones. Para un bueno, confesarse es sincerarse; y yo querría, hermana, que pudiese usted creerme no tan malo como dicen por ahí.

-¡Ah! -gimió la hermana.

-No seré tan malo, hermana, cuando de una buena tanto siento que lo crea.

-¿Y por qué dejar, entonces, que lo crea el mundo?

-Porque el mundo no cree en nada: ni en la bondad ni en la maldad.

Haría falta otro mundo mejor, que ya vendrá. Y en tanto, a mí me basta tener mi creencia en la conciencia para mí, para Dios... y para usted.

-¡Ah! -volvió a gemir la directora.

-Usted, hermana, y las que son como usted, guardan el alma noble de la Vida para ese mundo que aún no existe. Ese mundo se necesita que sea de niñas, de candideces de ángel en gracias de mujer. Pero hoy la Vida está partida, rota en dos: fuera de estas casas... -Fue Víctor, esta vez fue quien vaciló; mas sí; pensó instantáneo y lo dijo -era sincero-: Fuera de estas casas, fuera de estas santas Posadas del Amor, la gracia de las mujeres se arrastra en otras Posadas del Amor malditas. Y acaso, hermana, en una de ellas, yo he sentido la misma congoja de piedad que usted por mí, por el pobre peregrino a quien escucha. ¡Dios debió de agradecerme la lágrima que brotó en mis ojos con pureza igual que... en los labios de usted mis oraciones!

Lo horrendo, lo humano, lo mundano, lo ininteligible e intensamente turbador de las palabras de Víctor para la religiosa..., quedó sujeto por una fuerte llave de purezas en la invocada «pureza de aquel rezo y de aquel llanto.» Pero ella tenía en el alma la sorpresa de que se pudiesen perfumar con ternuras semejantes el alto amor de Dios y las bajas pasiones de la vida; y de confesora, en que habíala instituido sin su voluntad el hombre extraño, se encontraba absorta, alucinada ante la especie de humilde sacerdote de no se supiese cuál religión más ancha y capaz de estar, como el sol, en los fangos y en los cielos.

Le miraba, atraída con fascinación por el fulgor de su bondad en la negra sima abierta de su espíritu, y no la miraba él. Salió del narcotismo al oír que aun la violentaba:

-Hermana, ¿me cree muy malo?

Pedía piedad la voz, y ella le contestó, por no negársela, y concediéndosela, siquiera, con su acento:

-Le... creen... hereje, sacrílego..., malvado hasta con aquellas personas que le quieren; dicen que, a fuerza de tormentos, usted volvió loca y mató a una infeliz, cerca de aquí, en Tur...; y que luego hizo lo mismo con su esposa, con la madre de esta niña.

Vio que Víctor sonreía... como los mártires que llevan dentro una fe.

El órgano sonaba, con su coro angélico de niñas; y más lejano y sordo, por la calle, el mazo de algún vecino carpintero.

-Hermana -dijo Víctor-, muy cerca de aquí, en Tur, conmigo una infeliz vivió loca y murió loca. Ella, durante muchos años, se oyó llamar la perdida, por las gentes. Yo... la supe enloquecer para llamarla excelsa. La locura, y después la muerte, son una forma de única salvación sobre la infamia; y a su divina locura, tan divina que hízola morir besando a mi alma y a Santa Teresa de Jesús, llegó por el tormento. Usted, hermana, conoce algo del tormento espiritual que purifica. Ese la infligí.

En un libro casi santo dejé su historia. Si no fuese de otro culto el libro mío, yo le diría: hermana, léalo usted; le puse por título La excelsa, y es excelso.

Sonaba el mazo del vecino carpintero y sonaba más cerca y protector el coro angélico de niñas.

-Hermana -volvió Víctor a decir-, tal es el crimen primero del malvado: muchas veces llora el alma mía los recuerdos de la muerta. El otro crimen... ¡es mayor! Consiste en la fatiga de mi alma, que la impidió querer salvar, querer también matar de la misma muerte de locura a la madre de esta niña. Consiste en que a la madre de esta niña, que no fue mi mujer y ni siquiera mi esposa de amor como la otra, la dejé seguir al lado mío siendo la perdida que había sido también con los demás. Consiste... en haber tenido que sentir

demasiado tarde mi indolencia, mi cansancio, mi fatiga...
¡Demasiado tarde, hermana!... Cuando ella, la triste, al morir,
espantada por única vez ante lo eterno, me dejó ver el raudal de sus
ternuras al pedirme que cuidara de su hija, de su hija..., de este
ángel que aquí le dice a usted madre, y padre a mí..., aunque ya
tenía tres años cuando yo conocí a su pobre madre en un burdel.

-¡Clotilde? ¡Clotilde?... ¿No es su hija!!

-¡Hija... de alguien! ¡Y vea, hermana, cómo aquí es la hija de los dos,
de nosotros, por una misma piedad!

Ahora la hermana Nieves rompió su asombro, su asombro de
palideces y de frío, en una repentina abundancia de calor que le
subió desde el corazón a los ojos, llenándoselos de lágrimas. Se
dobló y se las recogía con el pañuelo bajo el capuz de las tocas.

Y como era la misma emoción en la misma ola de bondad, Víctor,
llorando también de gratitud por las lágrimas más puras que supo
arrancar en su vida, se fue, para que la santa no lo viese, a seguir
llorando en el cuarto de la enferma, del ángel, de la hija de dos
almas...

V

Una mañana recibió el visitante el gozo de ver acentuada la remisión de los cerebrales síntomas que ya se venía manifestando de días atrás.

Clotilde pudo charlar con él durante el tiempo que estuvo, jugando a vestir y a desnudar siete muñecas. Esto le permitió a la directora en la sala, y a ratos por el colegio, cumplir sus obligaciones con menos preocupación de la visita; venía a la alcoba cuando la llamaba Clotilde:

«¡Madre! ¡Madre!» -y como la llamaba sin cesar, mimosa, para enseñarla sus rubias y morenas de gamuza y de biscuit sentadas en la colcha, para que mirase que las iba poniendo medallitas, para todo... ella quedábase un instante, la daba un beso y volvía a partir.

Por la tarde continuó la niña con la inteligencia despejada, pero la fiebre llegó a 40. El doctor estaba satisfecho, tanto del alivio cuanto de advertir, al fin, la buena armonía de Víctor con la hermana. Salieron juntos y ponderábale:

-¡Muy bien, hombre; muy bien, don Víctor! Veo que, cuando se pone, sabe tratar con monjitas. ¡Ellas le creían a usted el mismísimo demonio!

-¿Y... la enferma? -hubo Víctor de inquirir, desdeñando el juicio aquel de estúpido, de bruto, que presuponía la necia admiración, y para él tan general fuera y dentro de conventos.

-¡Oh, la enferma! ¡Nada! Lo que dije. Marcha bien; pero sin que haya quien le quite sus ocho, sus nueve septenarios. Llevamos tres. Usted puede volverse a Madrid y hacer viajes. De este modo no corta sus asuntos.

Los asuntos de Víctor! bah!, estaban en ninguno y en cualquier sitio de la Tierra. Ahora, en la paz de Versala y de su fonda, pasábase las noches planeando un libro nuevo. Los días habíanle distribuido sus horas gratamente: cuatro en el colegio, otras cuantas frente al mar, por las playas soledosas, en diálogo con el alma inmensa de los cielos y las aguas...

Había ido conociendo a todas las hermanas poco a poco. Su estancia en el convento tenía algo ya de familiar. Una vez la directora le había subido a las clases y le había acompañado a la iglesia para enseñarle dibujos y cuadros pintados por ella misma. Otra vez la hermana Carmen, al despedirle, hablando, hablando, le entró en la sala de bordar; un bello estandarte de raso y plata estaba sin concluir por falta de dinero; Víctor sorprendió a la hermana Carmen dejando quinientas pesetas: «El estandarte era para la Virgen del Tur, que le salvaba a su hija».

Volvió a llorar en este día la directora, al saberlo. Y lloró ocultándose de las demás. El llanto es una ternura sentimental impropia de las religiosas -de la fuerte fe de quienes han de aceptarlo todo con divinos estoicismos. Pero ella tenía una histérica excitación por culpa de tantas noches sin descanso y una debilidad irritable que la producía visiones, que ponía sus nervios a la merced de cualquier ruido y cualquier cosa...

Continuó, por suerte, día tras día, el alivio de Clotilde. La fiebre nada más. Pero una fiebre tenacísima, en ciclos de oscilación de un grado apenas y que admiraba a Víctor y a la hermana Nieves con el despejo de la enferma. Esta, principalmente por las mañanas, jugaba con su «padre» y las muñecas, y le rogaba dulce a don Antonio que la dejara levantarse; pronto

(a la negativa un poco brusca del doctor, que así mantenía con los enfermos su prestigio), plegábase la dócil voluntad de la mimosa bien querida; esperaba a que partiese, y tornaba a reír y a charlar en el místico reposo de la estancia, como en un nido de amor y de ventura que por vez primera le brindaba juntas la abnegación y la caricia de «papá Víctor», del inolvidable papá en cuyas rodillas jugó tanto en otro tiempo, y la abnegación y la caricia de la monja, de la madre más consagrada a ella, y más su madre que su madre... ¡Oh, sí; de la muerta tenía recuerdos dolorosos el corazón de la criatura!... Víctor lo confirmaba en muchos rasgos; la chiquilla de siete años guardaba la memoria emocional de la chiquilla de cinco.

-¡Madre! ¡Madre! -llamaba a esta otra madre del alma sin cesar.

Venía la tan llamada, de la sala, y se obstinaba la mimosa en hacerla sentarse al otro lado.

-¿Ves, papá Víctor? No quiere estar cuando vienes, porque ya juego contigo. ¡Y yo quiero que os estéis los dos!

-No, nenita; es que tiene que hacer la madre.

-¡Claro, bobita; tengo que hacer!

Sin embargo, se sentaba unos momentos. Poníase a vestirle las muñecas. Clotilde se había empeñado en que se parecía a la madre la más fina. Víctor, contemplando a la joven directora, mientras ella se recogía en un silencio de emoción y la niña veíala prender y desprender alfileres, confirmaba el parecido: era en la boca, tan roja y tan pequeña, y era en los ojos, tan grandes y de pestañas tan negras, sobre la pura palidez de porcelana. La directora podía parecerse a todas las lindas muñecas que tuviesen algunas delicadas líneas en un óvalo perfecto... No tardaba en volverse al saloncillo. A la niña causábale contrariedad; a Víctor no; para su emoción de pureza y de paz, bastábale saberla allí y estar bebiendo y respirando de su alma la paz y la pureza.

En otro día que la fiebre había bajado a 38, la animación de Clotilde y la alegría de todos fue inmensa. Hubo hasta sus infracciones a los mandatos del doctor. Las hermanas fueron desfilando para verla y darle gracias a la Virgen, y a un grupo de colegialas se le permitió saludar y hablar con la enfermita sin entrar, desde los claustros.

-¿Cuándo te levantas?

-¡No lo sé! ¿Quién eres? ¿Acacia?

-¡Sí! ¡Si vieses cómo está de flores el jardín!

¡Si vieses cómo vamos poniendo la iglesia, los altares, para las

Flores de María!

-¡Llevadle rosas por mí; tú, Acacia, y vosotras, Jacinta, Magdalena!

¡De las del rosal de junto al pozo!

-¡Bueno! ¡Y le pediremos que te deje levantarte!

-¡Adiós!

-¡Adiós! ¡Ponte buena, que juguemos mucho!

Cuando llegó Víctor, encontró un olor más fuerte a incienso y a rosas y a romero. El grupo de niñas le había enviado también flores a Clotilde, y estaban en jarrones. Eran saudades de campo y de sol, con el que filtraba alegre el transparente hasta la cama, y la enferma, fatigada del afable jubileo, yacía feliz, con los párpados cerrados encima de una sonrisa.

De pronto los abrió, para expresar el ansia de espacio y libertad de todos los enfermos.

-¡Me estaba acordando del campo! ¡Con qué gana iría yo al campo, papá

Víctor! De que esté mejor, ¿quieres llevarme?

-Sí, te llevaré. Cuando estés mejor.

-¡Sí, cuando esté mejor! -palmoteó Clotilde.

Pero a la vez que la alegría de la convalecencia presentida, sufrió

Víctor la pena de ver cómo se le acercaba el día en que tuviese que dejar esta vida suya de infinita paz. La directora arreglaba un caldo con Jerez, y se volvió, diciendo:

-¡Bien, Clotilde!... ¡De modo que... al campo, y a no acordarse de mí! ¡Bah... lo que me quieres!

Se sobrecogió la niña, sorprendida por el reproche afable en flagrante ingratitud. Pero su anhelo corrigió en seguida:

-¡Oh, madre... y usted también! No... ¡no iría si usted no va! ¡Si no vamos juntas con papá Víctor! Entonces... ¡que él se quede!

Ellos riéronle la ingenuidad. Y guardaron un silencio sobre el cual fantaseó la inocencia de Clotilde:

-¡Sí, madre! Papá Víctor tiene cerca de aquí, junto al mar, aquella casa que vimos una tarde yendo hacia Tur de paseo. ¡Qué bien los tres en la casa! Hay huerta, muy grande, y dos norias y un mastín. ¡Le dejaríamos suelto si nos diese miedo por la noche!... Además hay barco, y en él iríamos de día, como fuí también con mi mamá. ¡Oh, sí, yo estuve allí con mi mamá, cuando chica! ¿No quiere usted que vayamos, madre?

De nuevo intentaron reír la madre y Víctor..., sino que una viva y extraña confusión les hizo apartarse uno de otro la mirada. Leve la confusión, la inmutación en los rostros; pero honda y advertida mutuamente.

-¡Tontina! -eludió la religiosa en severo mimo-. ¡Vamos, toma el caldo!

Con la cuchara y con el gesto le cerró la boca. Luego fue a refugiarse en el salón.

Rato después, don Antonio enfriaba un poco todos estos alborozos con su serenidad de hombre de ciencia. La fiebre volvería a subir, seguiría su curso de lentitud desesperante.

Y por la tarde le dio la razón el termómetro. Víctor encontró a «su hija» en la semipostración del crecimiento, y a la directora cosiendo un trajecito de muñeca al lado de la cama. Quiso la directora partir, y no la dejó la niña. Quedaron, pues, los dos velando su somnolencia.

Por más que el silencio tuviera la disculpa de la labor de la hermana, pesaba sobre ambos como un mundo... ¡como el mundo de las cosas de sus almas que ellos se dirían en la infinita comunión de... hermana y hermano!... ¡Hermana, hermana, sí! ¡Con qué dulzura y qué verdad llamábala Víctor tal nombre! Pero él... era un ser que ni podría decir, sin abrasarla, toda la dulzura y la verdad de sus afectos. Y si no fuese este miedo, sería otro de ella... singular... muy singular... el que les iba quitando lentamente la espontaneidad de otros días.

De rato en rato la niña abría los ojos, porque la madre consultábala cualquier detalle del vestido. Este, por capricho de su dueña, consistía en un hábito de monja para la fina muñeca de negro pelo, que se parecía a la madre. Pero cada vez eran más torpes y breves las respuestas, y en una, últimamente, Clotilde contestó en divagación... de Tur, del campo, de su madre...

-¡Delira con el campo! -dijo Víctor.

-¡Pobrecilla! -contestó la hermana.

Y al poco, interrogó:

-¿Estuvo en Tur mucho tiempo?

-No, un verano. Fue para ella un soñar de Paraíso.

-Con su madre, claro es.

-Sí, con su madre.

Hubo una pausa, y volvió la hermana a decir:

-Si se le parece, debió de ser muy guapa.

-Sí.

-Y... muy buena, en el fondo.

-¡Oh, también... aunque tan desdichada!

Cosió la hermana, y preguntó, muy doblada a su costura:

-¿Por qué no llegó usted... a estimarla más, como a... la otra?

-¿Qué otra?

-La que murió en Tur.

-Hermana... -dijo, dominando su emoción el tan suavemente requerido en las entrañas-, la estimación de ciertas almas que sueñan un poco el ideal..., un ideal raro, difícil..., es siempre, para la estimada, peligro, tortura, insensatez dichosa de dolor..., como lo fue para la otra.

Calló, pero siguió, porque era de avidez el silencio de la hermana:

- Mi Villa-Paz, en Tur, esperaba a un ángel... siempre a un ángel, y ese ángel... tuvo que arder en su propia gloria al mirarse formado en un demonio. Entonces yo supe que los ángeles de mi gloria de la vida sólo pueden nacer, para morir, de las mártires del mundo o de las mártires de Dios...; y mi Villa-Paz allá sigue, triste y sola, sin que nunca más espere a nadie.

Esta vez, sí fue el silencio más largo, como el de un panteón en que habrían podido resonar lo vibraciones mismas del espíritu. La hermana rezaba o temblaba, esquiva en su capuz, y picándose los dedos con la aguja. Pero al fin la oyó Víctor, con una voz de alucinada que era un miedo a que la oyese Dios, o la niña, o su conciencia:

-¿Se llama... La excelsa, el libro que usted escribió?

-¡La excelsa!... ¡Y es excelso!

-Entonces... ¿lo podría leer?

Víctor vaciló. Sintió piedad.

-¡No, hermana! ¡Es el libro de...otra religión! Para leerlo, es preciso haber vivido mucho o estar dispuesto a vivir la plena vida.

Bástele saber que tiene la misma divina caridad de la religión suya, hermana, y de todas las religiones. Y tal vez la misma fuerza. Cuando lo hubiera leído, usted tendría que aborrecerme... a menos de aborrecerse, hermana mía. ¡Y no, yo no lo quiero!

Víctor, que no veía al otro lado del lecho más que unas tocas negras que envolvían un alma, vio que el alma se estremeció bajo las tocas. La abandonó a sí misma, pensando que si a esta noble virgen blanca y a aquella inmunda virgen rubia del hotel hubiese querido la suerte cambiarles los padres y las cunas, aquella virgen rubia sería probablemente aquí la religiosa, y ésta la virgen en subasta del hotel abyecto.

Iba anocheciendo. Clotilde continuaba alentando el seco fuego de su fiebre, y la monja-niña cosía para la niña el hábito de monja de muñeca.

El médico tardaba. Se dieron cuenta de ello al ver lo obscuro de la estancia. Unos talcos de la Virgen rebrillaban, en la sombra del rincón, y Víctor pensó si no sería imprudente prolongar a esta hora su visita. Y se movió de pronto Clotilde, y con su mano, que abrasaba, le cogió una mano:

-¡Oh, papá Víctor! La niña, con aquel movimiento maquinal de sus delirios, giró al opuesto lado la frente, vio a la madre, y con la mano diestra le cogió una mano también:

-¡Madre!

Las dos manos, al mismo impulso de las pequeñas manos de Clotilde, fueron a juntarse encima de su pecho, a tocarse, sujetas con amorosa fuerza, sobre su mismo corazón. Fue un instante, y Víctor, sintiendo aquella mano tibia y trémula que huyó en espanto como un pájaro, vio también que se escondía bajo las tocas, en refugio y en castigo... ¡Ah, sí... la mano que puso en otros días, sobre el corazón vivo del ángel, un corazón pintado, por defensa!

Él se alzó, se dobló y besó la frente del ángel.

-¡Adiós, hermana! -dijo, despidiéndose.

Cuando estuvo sola, se dobló asimismo la hermana sobre el lecho, contempló al ángel dormido, muy fija..., muy fija..., como loca; -y, por último, besó en un beso muy largo, muy largo, el beso que sobre la frente le había dejado a esta hija de los dos, que no era de ella, el padre, que no era su padre tampoco!...

Al día siguiente cuidó a la enferma, mientras estuvo Víctor, la hermana Rosa. «La directora se hallaba ocupadísima arreglando el templo para la fiesta de la Virgen.» Víctor no la vio ni en su visita de por la mañana, ni en su visita de la tarde.

VI

Era la alta noche.

La enferma dormía. La vieja enfermera que auxiliaba para el baño y las fricciones de colonia en los recargos de la fiebre, dormía también.

La hermana velaba pasándole cuentas al rosario. Mas cuando llegó a las de aplicación y quiso rezar el voto por Víctor ofrecido, se abrió su mano y el rosario cayó suelto a la falda sobre el libro de horas... Buscó su mano el grande Crucifijo que llevaba siempre en el cordón de la cintura, y sintió encima el corazón... ¡latíale con violencia, con violencia!

Víctor, más que como sumiso penitente, se le volvía a representar como el irreductible y extraño sacerdote poderoso de otro culto.

Miró a la niña, y vio a Víctor. Besó a la niña... y se tuvo que levantar llena de espanto; la Virgen le decía: «¡Tú no besas esa frente con pureza...; besas... los besos de él!»

-¡Vete, perversa! -le oyó a una voz, que le llegó a la mitad de la conciencia, desde el hueco silencio inmenso de la noche...

Entonces, ahogándose, muriéndose, muerta..., la hermana Nieves huyó, salió, cruzó los claustros, abrió una puertecita y se encontró a solas con su horror en los jardines.

No era la vez primera que algo semejante le pasaba. Conocía ya de su tormento la clara luna de estas noches.

Marchó por la avenida lentamente, queriendo sumirse y extinguirse de sí propia, a la sombra de las bóvedas de ramas. El silencio reinaba formidable, como si alrededor del parque durmiesen las montañas, el mar, el convento, el mundo; como si por las frondas inmóviles durmiesen también los pájaros en letargos de azucena.

Llegó a un cenador abrumado de jazmines, y se dejó caer sobre el banco. Su frente ardía. Su alma ardía, y ardía su corazón. Pero el fresco de la noche serenísima de Junio, la humedad y el perfume de las frondas, el misterio verde de luz plata que temblaba por las grutas de calma y de silencio, la infiltraron pronto de su diáfano reposo.

Una extraña paz de extraños estupores.

Y el extraño Víctor, todo alma, se le volvía a representar en medio de esta inmensa alma azul y negra de la noche y del jardín.

Por él, y a través de él, veía místico, con un misticismo nuevo, cuanto de la vida creyó adivinar maldito, fuera del convento, la enclaustrada desde niña. Por él, y a través de él, y acaso a pesar de él, a ella le habían servido los espejos para ver que tenía los ojos negros, bellos, y los dientes blancos y la boca roja... ¡Oh!... Y ¡sí... a pesar de él; porque decíala todo con tal espiritualidad, con tal delicadeza, tan lejos siempre de esto que entre él y ella, sin duda, un espíritu del mal la sugería, que no hubiese podido reprocharle nada sin la injusticia tremenda de... un confesor que se indignase ante la cuita del dolido penitente!

El reproche, para sí: de cobardía..., de una curiosidad, delante del «extraño», indominable y temeraria, y que después la levantaba estos terrores. Cobarde, porque intentó no verle, pretextándole a las demás hermanas sus quehaceres en la iglesia, y volvió al segundo día, requerida por Clotilde, impulsada también por el mañoso pensamiento de un valor que hiciérala afrontar los quiméricos espantos, como cuando velaba muertos y deshacía la visión del Enemigo en los rincones obscuros - dueña ella de la fe de Dios que la hiciese inexpugnable... Mas, ¡oh, cuánto la mortificaba la divina indiferencia de la Virgen que no quiso antes decirla si era errónea su conducta, si era hipócrita y perverso su heroísmo! ¡Cuánto en la tremenda duda sentíase de las otras religiosas apartada por un matiz de maldición! ¡Y cuánto deploraba ella que el «extraño», el «espiritual y delicado», el «hombre singular» que la traía visiones del mundo turbadoras, no hubiera sido o fuese aún, por un momento, el réprobo y el cínico Don Juan que con una necia impertinencia la hubiese dado motivos para echarle!...

Pero... ¡echarle... a él... al peregrino de un grande amor de ángel, que no era por lo visto de la tierra, y que llegaba a esta posada de amores del cielo con su última ternura!...

Cerró los ojos, inclinó pesada en los brazos la cabeza contra el espaldar del banco, y los labios rojos de la hermana Nieves plegáronse en un beso de ideal... Ella quería decirle a la Virgen que había sabido, sobre la frente de un ángel, besar llena de pureza... los besos de él, puros, piadosos!... Y su deber quedó claro y breve, encima de sus dudas, como su oferta a la Virgen: «rezar por él.... seguir acercándole a Dios con su alma de cristiana.»

Más no rezó la hermana Nieves. Quedó así, reclinada en el respaldo, con el éxtasis de otro puro beso de la luna que veían sus ojos entre un claro de jazmines.

Cantaba un grillo.

La brisa agitaba los jazmines y hacía caer muchos, desprendidos, encima de la hermana.

No se sabe al cuánto tiempo se durmió.

Soñaba...

Clotilde iba corriendo por el campo, delante de un mastín, y entre los brazos llevaba una monja de muñecas... Detrás, ella iba con Víctor...

Ella vestía un traje como el del retrato de la madre de Clotilde, que

Víctor la enseñó...; pero esta madre de Clotilde no había nunca existido... y lo era ella. Caminaban frente al mar, y venían de una casa de Tur, muy blanca, entre las huertas... Al llegar al barco, la hija de los dos quiso un beso de los dos juntos, en la boca... y las tres bocas se juntaron en un beso de tres vidas... Víctor pasó a Clotilde al barco en brazos; a ella por la mano y por el talle... Luego, luego... después...

(en la inconexión del ensueño)... ya no era una hija, sino dos, las que tenían ella y Víctor... Esta hija, con el pelo negro lo mismo que su madre; y jugaba con el perro y con Clotilde... Estaba anocheciendo, y solos, Víctor y ella, volvían otra tarde del mar... Volvían dichosos... En lo alto del sendero veían la casa... muy blanca, muy bella, riente con las risas de las niñas y los juegos del mastín... Pero... luego, luego... ¡Oh, después... cuando cerca dejaron Víctor y ella de adorarse con los ojos y miraron la casita... ¡tuvo ella que gritar! La casa blanca era más blanca sobre el negro de la noche. La casa blanca era una blanca capelina enorme de monja de muñeca. La casa blanca era una blanca calavera colosal... y en cada hórrida oquedad de sus ojos de la muerte, cada niña se asomaba y se reía, y el perro, en la puerta, en la boca, aullaba...

El grito de horror lo había lanzado en realidad la que dormía a la luna, despertando.

Miró espantada alrededor, y vio el jardín. Se recogió en el banco, toda miserable.

Tenía frío, ahora, la hermana Nieves, y la falda llena de jazmines.

Se dobló y se puso a llorar en sus rodillas su horror y su vergüenza...

La luna seguía teniendo una dulzura de infinito.

La brisa seguía llorando en silencio, sobre la que lloraba en silencio, una blanca lluvia de jazmines.

VII

De que estuvo atado el hombre, lo arriaron con la cuerda y lo hundieron en el mar; cerróse el agua: su cristal volvió a aquietarse junto al casco de la draga. La cuerda; el tubo -que eran los hilos de una respiración, de una existencia. No se vio más de aquella vida. Otros hombres, en la borda, giraban el ventilador: si se olvidasen un minuto, moriría el del fondo.

Víctor, tendido en el líquen de la roca, pensó que todos y él tenían una escafandra bien pesada de vileza y cobardía -y hermético en el interior, un mísero dios humano sin acción y sin aliento. A cada uno, entre los demás, le daban vida de asfixias de la muerte con una cuerda y por un tubo.

-¡Ah, hermana, pobre hermana en el fondo del convento! En el del mar debía de haber también aquella paz, aquella verde claridad filtrada de los aires; pero saldría este buzo auténtico, del mar, teniendo siquiera la ilusión de quedar sin escafandra al quitarse la de hierro.

Víctor, tendido sobre el líquen viscoso de la roca, sentía en el ser el peso mortal de su escafandra. La roca dominaba desde lejos el convento.

Veía la torre, el largo edificio de piedra y de ventanas y la arboleda del parque. Entre sus manos tenía quizá la cuerda salvadora de una niña:

Clotilde; y de otra niña: la hermana Nieves-; pero, buzos siempre, buzas las almas en la vida, ¡quién supiese quiénes tendrían juntas después las cuerdas de los tres!

Y tornó los ojos hacia el mar, hacia el buque de afilada proa que veíase no lejos de la draga; era un transatlántico italiano. En este buque, o en otro buque... la mujer-niña, la niña-niña... y él... ¡oh!, ¡podrían partir... hacia la Vida!

Clotilde, con su humildad de mimosa dócil y siempre resignada, nada había vuelto a decirle del campo, de Tur..., ni ahora que convalecía tomando el sol en un sillón detrás del transparente; pero su alma, sus ansias, pedíanle espacio, pedíanle vida, pedíanle amor. La hermana Nieves, con su obediencia de sierva al rigor perpetuo de su suerte, nada había osado decirle nunca con los labios; pero sus ojos, sus ansias, pedíanle espacio, pedíanle vida, pedíanle amor... ¡amor, amor!

Rapto... que no sería el de Don Juan.

Rapto que sería el de una infinita caridad divina de la Vida por la vida. Cuando él (en su loco egoísmo despertado por vivir con ángeles), se llevase al ángel, a Clotilde, a «la hija de los dos»... la «madre» de ella, la «hermana» de él, el otro ángel, sufriría un doble y feroz arrancamiento. Y esto no debiera suceder. La «hija de los dos», mendiga de cariños, arrancada de su madre, podría una noche llegar de la mano de él a la esquina del convento, todo en sueño, para robarse «a su madre».

Pero, ¿qué tendría el rapto de absurdo y de imposible?

Lo ignoraba. Lleno de dudas, miraba Víctor a milla y medio el transatlántico y a medio kilómetro el convento. Hoy le diría a la hermana qué subiese a ver desde la torre este buque y otros buques que sabían del alma inmensa de los cielos y las aguas...

Y como sacaban del mar al buzo con su hábito de hierro, la caridad, la caridad, la angustia y la duda enormes de su enorme caridad de vida, alzaron a Víctor de la roca. Iba al convento del Sagrado Corazón. Le parecía que, si tardase, acabarían de ahogarse allí dos almas.

Caminó de prisa, y la duda en torno de él. Cruzó de prisa la ciudad, y salvó con las prisas reprimidas de su anhelo, cuando una monja le abrió, aquel zaguán de azucenas y aquel claustro donde sin pájaros vivían inmóviles las flores.

Clotilde jugaba con la madre a sentar sus once muñecas de biscuit en torno a una mesa de juguete. Saltó a su cuello. Volvió a jugar. Él las miraba. Era el refectorio de un colegio pequeñito, y solamente la madre-muñeca-directora hallábase de pie poniendo orden; los otros, en cueros, vestidos, niños de Dios y bebés, armaban gran tumulto con los brazos por el aire... Mas como el orden debía imponerse sin tardar, la hermana Nieves ayudaba a componer las actitudes...

¡Oh, la hermana Nieves! ¡Niña que no había jugado nunca a las muñecas ni al amor! Se había encendido ligeramente su faz, como siempre, al ver a Víctor, y su inocencia pretendía disimularlo en el otro juego de chiquilla. Pero su inocencia... marcó el opuesto borde de un abismo ante la vida monstruosa del roído por todos los horrores. ¿Cómo lanzar a esta otra dócil vida hecha por las sumisiones todas del mundo y de los cielos... en las duras, en las bravas, en las fieras rebeldías?... Haríala falta, para esto, dolor de mártir, de lucha, que tuvo la excelsa aquella del libro, y no su candidez de Virgen de Jesús, y no su dulce turbación, ahora, de novia enamorada...

Y, sin embargo, novia de candor y de pureza a quien más que a nadie la rebelión se le impondría. Novia sobre la cual pesaba un voto indestructible. Novia que no podría ser jamás la esposa de un hombre ante los hombres y ante Dios, ante su Dios, y sí sólo la maldita, la execrada, la perversa... la vil querida despreciable en la amante errante del grande amor que hubiera de cruzar la tierra entera entre los odios!

¿Sería capaz de tanto este ángel?

Víctor estimó su momentáneo plan de rapto como una insensatez. Casi como una infamia, en una caridad cruelísima de loco. Porque este ángel, restado de la Vida, gozaba, al menos, de una cándida felicidad de renunciaciones inconscientes, cuya paz había envidiado el que tornaba con su grande ensueño inútil de la Vida desde en medio de la vida horrible. ¿Con qué, si la rompiese, iba él a poder sustituirle tal felicidad, más que con la lucha y el tormento? ¿Dónde estaba el soñado mundo tan hermoso que no hiciera del amor de ambos calvario de amarguras? ¡Oh, sí; recordó, recordó: tan bestia el mundo, aún, que él tuvo que enloquecer y matar de locura divina a una adorada para volverla excelsa!

Pero, al fin, la excelsa aquella mereció la muerte por bella salvación de su vileza y su infortunio. ¡Esta otra, era feliz! Otra muerte igual, fuera un crimen estúpido, alevoso -simplemente.

La contemplaba.

¡Feliz, feliz... en su candor y en su cárcel de cristales de la gloria jugando a las muñecas! Y tembló de su imprudencia el infeliz e incansable buscador de la gran felicidad: ¡aun la más pequeña felicidad es tan rara en un ser... tan respetable!

La contemplaba, aquí, restada de la vida en su diáfana cárcel de cristales de la gloria, y veíala como divina y sentía Víctor el pesar de su egoísmo... que angustia de egoísmo fue, y no de caridad, sin duda, lo que impulsó a su corazón por un instante a querer tenerla ángel para sí, para «su hija», los tres en cielo de la tierra... y sin pensar que la tierra y él tenían ya demasiada carga de infierno y maldición para los ángeles. Sí, egoísmo con disfraz de caridad. De este mundano amor imposible, peligroso, que había turbado por contagio a la angélica feliz, se salvaría con oraciones la angélica feliz, volviendo a serlo.¡Demasiado pura, demasiado alma, ella... y la conoció el buscador de un alma a besos en mil bocas demasiado tarde!... Siendo muy bella, tan bella, no la amaba -de tanta veneración a su pureza. Siendo alma, toda alma, no la amaba, ni podría amarla jamás, acaso, con amor humano, por un casi divino espanto de profanación. ¿Cómo decirla, en sus besos de entrega plena de la vida, que él habíase revolcado en todas las bajezas, en todas las prostituciones...? Para recibir una tal alma pura y viva de la Vida, hacía falta, al menos, un santuario de dolor en juventud, con fe de porvenir en largos años: y esta vida de alma tenía veintitrés y él casi el doble; y necesitaría su redención, desde santa de los cielos a excelsa de la tierra, más que lo que le quedara a él de vivir sobre la tierra...; y sobre la tierra, sin él, excelsa en medio del horror, se quedaría ella mártir y muerta cuando él muriese. ¡Oh, sí, qué tarde la encontraba, qué tarde! ¡Sin tiempo de purificarse él mismo antes de querer magnificarla!

La veneraba, no la amaba. Y venerar es más o es menos, pero... ¡otra cosa! Aunque tarde, deploraba el insensato, también por ella, el recíproco engaño de los dos. Ella no se había incautamente enamorado de él, sino de la Vida; de la otra mitad del amor en carne de la Vida, que ella no conocía, y cuyo efluvio le trajo por primera vez, y un poco bello con su elegíaca tristeza, el Víctor que llegaba del mundo destrozado. Él tampoco se había enamorado de ella, sino de la Vida; de la otra mitad del amor en alma de la Vida, que él no pudo llamar a besos en mil labios de mujeres, y que, en cambio, aquí flotaba intenso e imponente con su paz, exhalado por mujeres y azucenas. ¡Era una doble conversión de engaño! ¡Era una mutua envidia de ambos, dulcemente horrible y dolorosa!

-¡Papá Víctor! ¡Cógeme!

Clotilde cortábale sus reflexiones de horror y de dolor. Fatigada la niña de jugar con las muñecas, las había guardado en sus cajas, como en tumbas. Él la cogió. Empezaba a anochecer, y quería dormirse en sus brazos, igual que todas estas tardes. La hermana Nieves quedóse en otra butaca, enfrente. Y contemplando ahora a este ángel, a esta niña, que les preguntaba a los dos cuándo podrían correr al sol por los jardines, Víctor la estrechaba con una última y trémula caricia. En desprecio heroico a su egoísmo, desistía también de unirla a su vida miserable: siempre aquí, Clotilde, igual, en la diáfana ventura de este limbo de ignorancias e inocencias. Sin decírselo a ella ni a la hermana, había pensado en estas tardes, frente al mar, llevársela a Madrid para vivir a ella consagrado y respirando su pureza en una casa bella, aislada, noble. Pero acababa de ver lo absurdo del propósito, como acababa de ver lo absurdo y lo imposible del que hoy amplió hacia la hermana misma en caridad, y para evitarse más la doble tentación, díjole a la niña:

-Mañana, nenita, ¿sabes?... ¡Mañana me marcharé! ¡Tú ya estás buena!

Muy sorprendida la niña, se incorporó en protesta, rígida, mirando a la madre... mirándole después a él:

-¡Mañana!

-¡Mañana! -repitió la madre con la misma lividez de frío.

Víctor apoyó su resolución con disculpas. Tenía que hacer; no podía tampoco estarse siempre. Volvería a verla, pronto... volvería... Y la resignación de la dócil en forma de silencio, de pena muda que la hizo con avidez acurrucarse en el hombro de «su padre», la durmió... con el halago al menos de esta vuelta. La hermana Nieves se había puesto mientras a leer su santo libro.

Cuando la respiración de la linda palidita pregonó su sueño en la calma de la estancia, la hermana preguntó:

-¿Piensa... volver pronto de veras... o lo ha dicho por calmarla?

-No, hermana. No pienso volver pronto, y acaso nunca.

-¡Oh!

-Si volviese... me llevaría a esta niña conmigo, como lo pensaba ahora, por alivio al imposible afán de estarme siempre aquí... entre niñas, entre hermanas... ¡Y ni esto puede ni debe ser, ni aquello tampoco; la vida de esta niña y la de ustedes son cosa completamente aparte de mi vida miserable!

-¡Oh! -volvió a gemir la hermana, esquiva entre sus tocas.

-Yo quisiera, hermana, haber podido quedarme eternamente en esta casa, respirando almas de mujeres y azucenas... vivir aquí, y en una celda, allá de noche, seguir velando el sueño de Clotilde... para seguir escribiéndole al mundo sin tanto odio mis libros de alma y de dolor y de nobleza. Pero arrancar de aquí un alma ángel para llevármela al mundo...

¡No puede ser, hermana mía! ¡No debe ser!

Y como esta vez la hermana Nieves callaba, él continuó:

-Aquí, hermana, tienen ustedes paz. El mundo, a quien saliese de ella, ¿qué le ofrecería?...Cambiar la evidencia de la dicha por lo incierto, es disparate. Aquí tienen ustedes una sola alma de amor en que se aman todas, y fuera de aquí vive el odio. ¡Oh!, fuera de aquí... ¿qué madre como usted encontraría yo para Clotilde? ¿Qué ternura, qué felicidad más grandes que estas en que vive su candor? Los cuidados míos, hermana, aun suponiéndome capaz de la perfecta abnegación, no hubiesen de bastarla; porque cuando esta niña de siete años tenga treinta, casi empezando a vivir, yo habría muerto... dejándola con su espíritu formado de mi espíritu en el desamparo del mundo. ¡Con un espíritu que por no tener ya el suyo compañero hubiese de sufrir lo que sólo yo, y Dios... y usted, hermana, sabemos que ha sufrido el mío... sin su igual! Pero de mí ¡nada importa!, ¡es mi sino! Vuelvo al mundo arrastrando mis pesares. Ella no, ¿por qué?... Si el amor de paz, en que aquí nació al amor más grande, la enamora, siga para siempre aquí con usted, con mis hermanas, venturosa e inocente. ¡Desde lejos.., yo la adoraré... y a las que la adoran... aun sin verla más, acaso, por no turbar las blancuras de su ser con mi impureza!

Calló Víctor, y en los claustros se oyó la voz de don Antonio.

La directora se alzó, salió veloz... en opuesto sentido de los claustros... Víctor habría jurado que escapaba porque nadie viese el llanto que a él también ocultáronle las tocas.

El doctor entró con la hermana Veneranda.

Y la hermana Nieves no había vuelto cuando él salió con el doctor, que dejó la sala llena del eco de sus voces y apestando a tagarnina.

VIII

La noche tenía una inmensidad de maravilla.

Víctor detuvo perezosamente su marcha de pereza ante el hotel. Si quería, podía entrar. Si quería, podía seguir paseando de un modo filosófico las calles. Le abrumaba su eterna horrible libertad. Los focos voltaicos se perdían como en sucesión de lunas, por la avenida desierta, alumbrando las acacias.

Abrió la cancela, y el minúsculo jardín le sumió en la perfumada sombra de sus cersis. Un hotel tan bizarramente bello como un bello panteón. En la meseta, a la altura de las copas de los árboles, volvió la indecisión a detenerle; ¿a qué entrar, si no tenía sueño?... Pero ¿adónde ir?... Sus ojos, por lo menos, sí se fueron largos... a las estrellas...; no había luna, y brillaban como llamas las de Orión. Él estaba a la puerta del bello panteón bizarro, como un muerto que hubiese salido a mirar el infinito.

Este pedazo azul de infinito se orientaba al Norte, y al mar, y a dos almas. Veintidós horas de tren le habían apartado de dos almas y del mar noventa leguas. ¿Qué fue... aquello que vio contra el crepúsculo de rosa... en la alta ojiva de la torre... cuando el tren partía?... Todo se removió... en marea de cosas... alrededor del viajero que corría en su ventanilla: buques, Versala, los árboles y el convento...; todo cruzaba fugitivo; y aérea, allá en la altura de la torre, en otro ventanal rosado contra el cielo donde habíase puesto el sol, una voladora visión se disolvía: una monja, quizás; una niña, quizás...; dos blancos pañuelos, también, debajo de una campana..., no supo bien; pero él sacó el pañuelo suyo y lo dejó tremolar al viento de la marcha como un idiota que no sabe si se despide de un tesoro... Luego, nada: la noche... y el viajero que cayó a dormirse con la misma pesadez que un fardo transportado sobre ruedas.

El tren, a las ocho de esta noche, le había dejado en Madrid, porque paró en Madrid. Si no, él habría seguido. ¡Daba igual! Bajaron del tren veinte viajeros y cien banastas de sardinas. Nadie le despidió. Nadie le esperaba. Fue a su restorán y cenó y bebióse entera la botella. A Dámaso le dio tres pesetas de propina y el talón, para que mañana hiciese traer sus maletas a este hotel..., a esta posada. Él se olvidó del equipaje.

¡Daba igual!

¡Oh, la botella! ¡Cuántas formas de la felicidad en pedazos... y cuán no mal brinda la suya una botella! Feliz, por seis reales de rioja, le oyó a unos ciegos, tomando dos reales de café, Quand l'amour meurt, en un café de la calle de Alcalá. Después le oyó La Geisha, en un circo, a una compañía italiana. Después paseó por el Hipódromo. Y ahora estaba aquí.

¡Las dos!

Sacó la llave y abrió la puerta. El hotel parecía esta noche abandonado. Silencio, quietud, obscuridad. Llegó a su gabinete con la luz de una cerilla, y allí encendió la eléctrica. Delante del sofá había una bota de mujer. ¿De cuántos días perdida u olvidada?... Olía a perfumes de mujeres esta posada del amor, siempre, desde que se pasaba la escalera.

Sobre la mesa había cartas.

Víctor se sentó.

Cartas perfumadas. Cartas de mujeres.

Mery le enviaba besos desde Londres, y Ricarda desde Niza.

Otra carta decía, con el sobre puesto a un editor: «Soy una admiradora suya desde hace tiempo, y un poco caprichosa. Ardía en deseos de conocerle, y hasta ahora no he tenido libertad. ¿Quiere usted esperarme mañana, a las cinco de la tarde, frente a Lara?... Tenga esta carta en la mano para que yo no dude. - Elena.»

El bruto, el vuelto a su vida horrible por una maldición del mundo, que era más fuerte que su ensueño, sonrió. Esta noche abrazaría a Mery, a Ricarda, a Elena..., ¡y hallábanse tan lejos! Pensó que había hecho una insigne estupidez metiéndose en casa sin sueño y con ganas de abrazar. Sin embargo, se daba cuenta tarde. La pereza no le consentía salir de nuevo..., buscar a cualquiera otra fiel amante suya, que tendría, quizás, a otro amante en los brazos...

¿Quién.... esta Elena, esta ignota? La carta era de muchos días atrás, y no tenía la menor indicación para que él pudiera escribirle.

Tembló, por lo mismo, de un poco de emoción. En toda desconocida le era siempre dable suponer a la ideal..., a la soñada... ¿Cómo sería esta Elena? ¿Quién sería?

En un rato, le preocupó. Al fin, pensando que, si tenía un poco de alma, ella le volvería a escribir al mismo sitio y en forma que él la pudiese contestar, si también la cita le llegase tarde, se levantó y se dirigió hacia el dormitorio.

Alzó la colgadura, entró y encendió la luz. Al mismo tiempo que la luz, surgió un ligero grito. La luz, fuerte en su pantalla blanca, que la enfocaba al lecho, acababa de despertar en el lecho a una mujer. Medio alzada en susto, sobre el codo, sonrió:

-¡Ah, eres tú!...

Era rubia. Era muy linda, muy blanca, muy joven. Era Lucía.

-¡Ah, eres tú!... -repitió lo mismo Víctor.

-Sí, ¿sabes? -explicó ella, resguardándose los senos con un puñado de la sábana. -Mi hermana Claudia está durmiendo con Julio, ahí; y con Marcial, una Eléctrica. Y como han dado en venir todas las noches..., y este cuarto estaba libre y es mejor que el de la estufa..., ¿dónde andabas?..., pues yo me estaba acostando en este cuarto.

-¡Bravo, Lucía! ¡Muy bien!

-Sí. Ya sabes que, sola en casa, tengo miedo. ¿Dónde andabas?

-Por ahí, lejos... Llego esta noche. Siento haberte despertado, mujer. Pero duerme..., duerme..., sigue. Me iré al cuarto de la estufa.

El ademán de apagar la luz para retirarse, Lucía se lo contuvo amablemente.

-¡No! Si traes sueño -dijo, sacando entre la camisa de seda una admirable pierna, de las ropas, pronta a partir- seré yo quien se cambie al otro cuarto-. Sin embargo, contúvose invitando -: Pero si no tienes sueño, y quieres quedarte aquí... conmigo...

-¡Aaah! -hizo Víctor gratamente.

-Sí, mira, Víctor (y ya ves que no he olvidado tu nombre); desde que te fuiste, desde aquella noche, cree que he estado sintiendo mucho el no haber podido entonces acceder a tu deseo.... ¡Bah, tú pensarías que soy interesada..., y después de estar en tu casa comiendo, tan bien tratada por vosotros!... Bueno, hombre; vosotros lo comprendéis; ¡no tenemos más remedio!... Ahora ya ves..., estos pendientes..., estas sortijas..., son indispensables en nosotras, si no hemos de parecer unos guiñapos. ¡Las que tenía aquella noche eran falsas!

Giraba la cabeza mostrando los pendientes, y tendía las manos; Víctor apreció indudables los destellos de la fina pedrería.

-¡Ah! -volvió a exclamar-. Luego... tu conde...

-Lo encontré. Un poco viejo. ¡Daba igual para una noche! -Volvió a mostrar las manos, y acabó-: ¡Esto y algo más..., y la libertad con mis amigos! Pregunta... Pueden decirte Julio y Marcial si yo soy interesada.

Conque..., ¿tienes sueño?

Víctor, sonriente, por respuesta se quitó la americana. Ella, sonriente, se recogió bajo las ropas, a esperar.

Y mientras acabó de desnudarse Víctor, con agria incitación a una pequeña felicidad, semejante a la que bebió en una botella, y que era triste, muy triste en su alma, contemplando a la ex virgen rubia del burdel, se acordaba de la virgen del convento.

Posadas del Amor, el convento y el burdel. Aquél guardábale el alma de la gracia a la bella grande Vida «que no vive todavía.» Este, la carne de la gracia. ¡Tal vez en la íntima fusión del burdel con el convento hubiera de surgir la íntegra mujer de una tierra de la gloria!...